LOS PRINCIPIOS DE LA DEMOCRACIA

¿QUÉ ES UN ACUERDO?

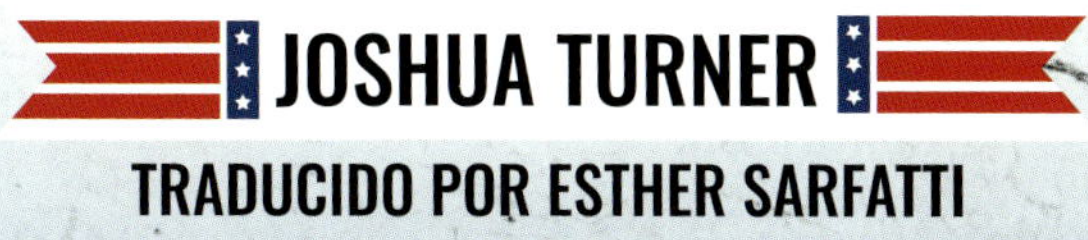

JOSHUA TURNER

TRADUCIDO POR ESTHER SARFATTI

PowerKiDS press.

New York

Published in 2020 by The Rosen Publishing Group, Inc.
29 East 21st Street, New York, NY 10010

First Edition

Translator: Esther Sarfatti
Editor, Spanish: María Cristina Brusca
Book Design: Reann Nye

Photo Credits: Seriest art Bplanet/Shutterstock.com; cover gradyreese/E+/Getty Images; p. 5 BRENDAN SMIALOWSKI/AFP/Getty Images; p. 7 Thomas Barwick/Stone/Getty Images; p. 9 https://commons.wikimedia.org/wiki/File:Declaration_of_Independence_(1819),_by_John_Trumbull.jpg; p. 11 Orhan Cam/Shutterstock.com; p. 13 SOPA Images/LightRocket/Getty Images; p. 15 Stockbyte/Getty Images; p. 17 Tasos Katopodis/Getty Images News/Getty Images; p. 19 Dave and Les Jacobs/Blend Images/Getty Images; p. 21 gg-foto/Shutterstock.com; p. 22 Supawadee56/Shutterstock.com.

Cataloging-in-Publication Data

Names: Turner, Joshua.
Title: ¿Qué es un acuerdo? / Joshua Turner.
Description: New York : PowerKids Press, 2020. | Series: Los principios de la democracia | Includes glossary and index.
Identifiers: ISBN 9781538349120 (pbk.) | ISBN 9781538349144 (library bound) | ISBN 9781538349137 (6 pack)
Subjects: LCSH: Political ethics–Juvenile literature. | Interpersonal relations–Juvenile literature. | Compromise (Ethics).
Classification: LCC JA79.T87 2019 | DDC 172–dc23

Manufactured in the United States of America

CPSIA Compliance Information: Batch #CSPK19: For Further Information contact Rosen Publishing, New York, New York at 1-800-237-9932

CONTENIDO

★ ★ ★ ★ ★ ★ ★ ★ ★

¿QUÉ ES UN ACUERDO? 4

¿POR QUÉ ES IMPORTANTE LLEGAR A UN ACUERDO? 6

ACUERDOS Y DEMOCRACIA 8

LA CREACIÓN DE LAS LEYES 10

¿CUÁNDO NO DEBES LLEGAR A UN ACUERDO? .12

¿PUEDE SER MALO CEDER? 14

EFICACIA FRENTE A VALORES 16

¿QUÉ TIPO DE LÍDERES QUIERES? 18

LA DEMOCRACIA Y EL BIEN COMÚN 20

LOS ACUERDOS EN LA VIDA DIARIA 22

GLOSARIO 23

ÍNDICE. 24

SITIOS DE INTERNET 24

¿QUÉ ES UN ACUERDO?

Imagínate que tú y tus amigos están tratando de decidir a qué juego quieren jugar. Hay juegos que te encantan y otros que no te gustan nada, pero entre todos no consiguen ponerse de acuerdo en un solo juego.

En lugar de elegir un juego que gusta mucho a algunas personas y no gusta en absoluto a otras, deberían jugar a algo que a todo el mundo le guste, al menos un poquito. Esto se llama *llegar a un acuerdo*. Cuando llegas a un acuerdo con otras personas, nadie consigue exactamente lo que quiere, pero nadie se queda totalmente descontento tampoco.

EL ESPÍRITU DE LA DEMOCRACIA

Los antiguos griegos fueron uno de los primeros pueblos en utilizar el acuerdo como la **base** para su Gobierno. Ellos tuvieron una de las primeras democracias del mundo.

En 2016, Barack Obama visitó Grecia, el lugar donde nació la democracia y el acuerdo como **principio** de gobierno.

¿POR QUÉ ES IMPORTANTE LLEGAR A UN ACUERDO?

Llegar a un acuerdo es importante porque permite a la sociedad **funcionar** bien. Nadie puede conseguir siempre lo que quiere. Sin acuerdos, la gente estaría a menudo descontenta.

A algunas personas se les da mejor llegar a acuerdos que a otras. Esas personas suelen ser más felices. También resultan más agradables a los demás. Cuando la gente tiene dificultades para llegar a un acuerdo, a menudo se pelea y discute en lugar de solucionar los problemas.

Saber llegar a un acuerdo es importante en muchos aspectos de la vida. En los equipos deportivos, los jugadores deben estar de acuerdo y trabajar juntos para ganar los partidos.

ACUERDOS Y DEMOCRACIA

La democracia es un sistema de gobierno donde todo el mundo tiene voz. Por eso, poder llegar a un acuerdo es muy importante. Una democracia no puede funcionar bien si la gente no está dispuesta a **ceder** algo para conseguir otra cosa.

Esto significa que las personas deben hablar para saber en qué asuntos o problemas es necesario llegar a un acuerdo. También deben decir en qué no están dispuestos a ceder, pase lo que pase. La sinceridad y el deseo de comprender los puntos de vista de los demás son esenciales para llegar a acuerdos en una democracia.

EL ESPÍRITU DE LA DEMOCRACIA

Los Padres Fundadores de Estados Unidos no podían tener el mismo punto de vista en todo, pero a través de los acuerdos pudieron fundar un país que ha funcionado bien durante más de 200 años.

Crear un país no es una tarea fácil, sobre todo cuando hay mucha gente involucrada. Los Padres Fundadores fueron capaces de ceder incluso en sus creencias más profundas cuando fundaron Estados Unidos.

LA CREACIÓN DE LAS LEYES

El trabajo más importante de cualquier Gobierno es hacer leyes. ¿Pero cómo puede un Gobierno crear leyes que hagan felices a millones de personas? De nuevo, la respuesta es a través de los acuerdos. Mientras las leyes se apliquen igualmente a todas las personas, será más fácil llegar a un acuerdo.

Tal vez no nos gusten todas las leyes, pero si mantenemos la mente abierta, podremos darnos cuenta de que algunas leyes nos van mejor que otras. También veremos que, al final, todo el mundo tiene una oportunidad equitativa.

Los **legisladores**, en nuestro Capitolio, deben llegar a acuerdos entre ellos para crear las leyes que nos gobiernan.

¿CUÁNDO NO DEBES LLEGAR A UN ACUERDO?

A veces puedes encontrarte con ciertos asuntos o creencias sobre los cuales te es imposible llegar a un acuerdo, y no pasa nada por eso. En algunas ocasiones, el hecho de ceder algo te puede hacer sentir incómodo porque debes ver las cosas desde el punto de vista de otra persona.

Habrá ocasiones en las que no podrás llegar a un acuerdo sin sentirte muy incómodo. No hay reglas para saber cuándo no debes ceder. Simplemente debes juzgar en forma **específica** cada caso y de acuerdo a tus sentimientos personales.

EL ESPÍRITU DE LA DEMOCRACIA

Al final de la guerra de Secesión, los estados del Sur querían llegar a un acuerdo con Abraham Lincoln sobre el tema de la esclavitud. Pero, en ese caso, Lincoln no estaba dispuesto a ceder, por lo que decidió aprobar la Decimotercera Enmienda, que acabó con la esclavitud.

En las **manifestaciones**, muchas personas expresan puntos de vista acerca de los cuales no están dispuestas a ceder.

¿PUEDE SER MALO CEDER?

Aunque llegar a un acuerdo es importante y suele ser bueno, algunas veces puede ser malo. Imagínate que un amigo quiere que rompas las reglas, pero otro amigo no quiere que lo hagas. Entonces los tres se ponen de acuerdo en romper las reglas solo un poco. En este caso, llegar a un acuerdo significa que todavía están rompiendo las reglas, y eso no es bueno.

Los acuerdos son malos cuando hacen que la gente sufra o reciba un trato injusto. Estas son decisiones que cada persona debe tomar caso por caso.

Antes de ceder en algo, piensa en las cosas que te importan. Si el resultado final va en contra de lo que es más importante para ti, probablemente no sea buena idea llegar a un acuerdo con alguien.

EFICACIA FRENTE A VALORES

Cuando tengas que decidir si llegar a un acuerdo o no, debes pensar en la eficacia y los valores. La eficacia es la capacidad de hacer o lograr algo. Los valores son las cosas que te importan.

¿Es más importante para ti lograr algo que la posibilidad de sentirte mal si el resultado es negativo? La gente debe hacerse todos los días esta pregunta cuando toma decisiones. Este tipo de decisiones acerca de los valores y la eficacia son las que promueven el **debate** en nuestro Gobierno. También ayudan a hacer que nuestra democracia sea fuerte.

EL ESPÍRITU DE LA DEMOCRACIA

Cuando quería que se aprobara su importante ley de salud, Barack Obama tuvo que ceder en algunos puntos de esta ley. El presidente consideraba que era mejor conseguir la aprobación de solo una parte a que no se aprobara nada.

Los políticos deben decidir si es mejor ceder para llegar a un acuerdo o hacer poco o nada.

¿QUÉ TIPO DE LÍDERES QUIERES?

Cuando piensas en los acuerdos y la democracia, debes considerar qué tipo de líderes quieres. ¿Prefieres líderes que estén dispuestos a trabajar con gente con la cual no estén de acuerdo, o quieres líderes que luchen casi siempre por sus propias ideas?

La respuesta a esta pregunta te puede decir mucho acerca del tipo de gobierno que quieres en tu país. También te dirá algo acerca de ti mismo y sobre cómo **interactúas** con otras personas.

A menudo, la capacidad que tienen los líderes de llegar a buenos acuerdos ayuda a un país a formar su opinión acerca de ciertos asuntos.

LA DEMOCRACIA Y EL BIEN COMÚN

Cuando consideras las razones por las cuales la gente hace acuerdos en una democracia, es importante pensar en el bien común. Tal vez algunas decisiones no hacen felices a todos, pero se toman porque sirven al bien común, lo cual no es siempre fácil de ver.

En una democracia, cada uno debe pensar en cómo las decisiones **afectan** a todo el mundo, y no solo a sí mismo. Cuando la gente llega a un acuerdo, todo el mundo consigue un poco de lo que quiere. Esto suele ser mejor para todos, lo que significa que sirve al bien común.

EL ESPÍRITU DE LA DEMOCRACIA

Ya en tiempos de los antiguos romanos, los senadores tenían que tomar decisiones y llegar a acuerdos basándose en lo que era mejor para todos los ciudadanos. Esta es una **tradición** que se mantiene hoy en democracias alrededor del mundo.

Hacer **concesiones** para el bien común es un principio democrático que ya existía en la antigua Roma.

LOS ACUERDOS EN LA VIDA DIARIA

Los acuerdos son importantes en cualquier democracia, pero también son importantes en tu vida diaria. Saber cuándo ceder y cuándo mantenerte firme en tus valores es una parte importante de ser buen ciudadano.

Cuanto más aprendas y más **experiencia** tengas, mejor se te dará llegar a acuerdos y tomar buenas decisiones. Cuando se trata de llegar a un acuerdo, debes tener en mente que no siempre conseguirás todo lo que quieres, pero a menudo conseguirás lo que necesitas.

GLOSARIO

afectar: actuar sobre algo o alguien para causar un cambio.

base: idea o pensamiento que sirve como apoyo a algo.

ceder: dar o transferir una cosa o derecho a otra persona.

concesión: acción de dar algo a otra persona.

debate: discusión en la cual la gente comparte diferentes opiniones acerca de algo.

específica: precisa o particular.

experiencia: habilidad o conocimiento que consigues cuando haces algo.

funcionar: trabajar u operar.

interactuar: relacionarse con otras personas y tener un efecto unas sobre otras.

legislador/a: persona que hace leyes.

manifestación: reunión o concentración pública a favor o en contra de algo o de alguien.

principio: regla moral o creencia que te ayuda a distinguir lo bueno de lo malo y que afecta a tus acciones.

tradición: forma de pensar, comportarse o hacer algo que la gente de una sociedad ha utilizado durante mucho tiempo.

ÍNDICE

B
bien común, 20, 21

C
ciudadanos, 20, 22

D
debate, 16, 23
democracia, 4, 8, 16, 18, 20, 22
discutir, 6

E
eficacia, 16

G
Gobierno, 4, 5, 8, 10, 16, 18

L
leyes, 10, 16
líderes, 18
luchar, 18

P
pelea, 6
principios, 5, 21, 23
puntos de vista, 8, 12, 13

V
valores, 16, 22

SITIOS DE INTERNET

Debido a que los enlaces de Internet cambian constantemente, PowerKids Press ha creado una lista de sitios de Internet relacionados con el tema de este libro. Este sitio se actualiza con regularidad. Por favor, utiliza este enlace para acceder a la lista:
www.powerkidslinks.com/pofd/comp